평범해지고
싶은 아이

평범해지고 싶은 아이

발행일   2019년 4월 18일

지은이   전윤주   캘리/삽화   이서등
펴낸이   손형국
펴낸곳   (주)북랩
편집인   선일영   편집   오경진, 강대건, 최승헌, 최예은, 김경무
디자인   이현수, 김민하, 한수희, 김윤주, 허지혜   제작   박기성, 황동현, 구성우, 장홍석
마케팅   김회란, 박진관, 조하라
출판등록 2004. 12. 1(제2012-000051호)
주소   서울시 금천구 가산디지털 1로 168, 우림라이온스밸리 B동 B113, 114호
홈페이지   www.book.co.kr
전화번호   (02)2026-5777   팩스   (02)2026-5747

ISBN   979-11-6299-662-1 03810 (종이책)   979-11-6299-663-8 05810 (전자책)

이 도서의 국립중앙도서관 출판예정도서목록(CIP)은 서지정보유통지원시스템 홈페이지(http://seoji.nl.go.kr)와
국가자료공동목록시스템(http://www.nl.go.kr/kolisnet)에서 이용하실 수 있습니다.
(CIP제어번호: CIP2019015369)

(주)북랩 성공출판의 파트너

북랩 홈페이지와 패밀리 사이트에서 다양한 출판 솔루션을 만나 보세요!

홈페이지 book.co.kr   ·   **블로그** blog.naver.com/essaybook   ·   **원고모집** book@book.co.kr

전윤주 시집

평범해지고 싶은 아이

북랩 book Lab

PROLOGUE

이 세상에서 젤루 사랑하는 윤주에게…

기쁨보다 슬픔을 행복보다 고통을

도전보다 시련과 좌절과 체념을

꽃길보다 가시밭길을 걷게 해서 미안해~~

양쪽 볼에 보조개를 선물로 받고 태어난 딸 윤주…

돌 무렵 발에 힘이 없어 주저앉기를 반복하여 병원진단

을 받게 되었다.

유치원 졸업 작품으로 공연 연습을 하던 중 감기로 인해

의식을 잃고 서울대학병원 중환자실 신세를 시작으로 3

개월 동안 치료를 받고 인공호흡기를 착용하고 집으로

돌아왔다.

너와 난 생사를 오가는 날을 반복했었다.

보통사람에겐 떠오르는 태양이 희망이지만 우리에겐 몸

서리쳐지도록 버거웠었다.

두 손으로 해를 막으려 해도 가려지지도 멀어지지도 않았다.

그럴 때마다 네가 써온 1편, 2편의 글이 모여 책이 나오게 되었구나.

엄마도 모든 게 처음이라서 당황스럽고 어설퍼서 윤주를 더 아프게 했을지도…

진정 미안해! 내가 잘못 살아온 탓인 듯싶다.

윤주의 의지로 상담심리학 공부 중에 있으니 글과 함께 희망의 아이콘으로 세상 사람들이 역경 속에서 길을 잃고 헤매고 있을 때, 치유의 길잡이가 되어 주는 삶으로 의미 있게 세상과 맞서 나아가길 바라고 희망할게.

오늘도 우리는 기적이란 단어로 살아가고 있기에 내일도 우리와 함께 해줄 거라 믿어

감사가 마중물이 되어 더 큰 감사를 맞이하게 해주리라 믿는다.

더 멀리 가기위해서 힘내자~~

윤주의 시집이 도움닫기가 되어

더 높이 날아볼 수 있도록 너도 나도

더 다독여주고 사랑하고 격려하며 나아가자~

끝까지 옆에 손 꼭 잡아 줄께~~

P.S 시집 정리파일 받고 첫 장을 열어 본 순간부터 양쪽 눈엔 눈물이 흘러 마지막 페이지까지 읽는 동안 흐느끼며 펑펑 울었다.

윤주가 많이 아파서 외로워하는 모습들이 눈앞에 선명하게 떠올랐다.

나의 삶이 괴롭고 고달프다는 핑계로 너의 마음을 세세히 살피지 못 한 것에, 미안함이 너무 커서 아침 잠에서 깨어난 너의 손을 잡고 무작정 사과를 했다.

미안하다. 너의 부모여서 미안하다고…

그리고 고맙다고…

—2019 봄, 엄마가

❀ 이 글을 읽으시는 분들께…

세상 사람들은 장애를 바라보는 여러 모양의
시선들을 갖고 있습니다.
몰라서 아프게 뾰족하게 바라보는 시선,
관심의 동그란 시선…
그냥 사랑이라는 두 글자 안에 있지 않을까요?
윤주의 삶이 의지가 시들지 않도록 관심과
사랑 응원 부탁드립니다.
감사합니다.

CONTENTS

Part 01   아픈 말 대신

남들과 다르지만 *Part* 02

Part 03　민들레 홀씨

꿈이라는 보석 *Part 04*

아픈말 대신

내가 옆에서 든든한 나무처럼
버팀목이 될게요
아픈 말만 하지 말아요
내 마음이 쓰라리니

질문과 대답 그리고 거짓말

괜찮아? 라는 물음
괜찮아, 라는 거짓말
괜찮지 않다는 진실

슬퍼? 라는 물음
슬프지 않아, 라는 거짓말
슬프다는 진실

아파? 라는 물음
아프지 않아, 라는 거짓말
아프다는 진실

버틸 수 있어? 라는 물음
버틸 수 있어, 라는 거짓말
버틸 수 없다는 진실된 대답

내가 대답한 거 모두 거짓말이야

슬픔의 눈물

차마 입을 열 수 없는
슬픔의 눈물
눈물이 뺨을 타고
주르륵 흐르기 시작한다

너무나도 아파서 힘들어서
입을 열기도 싫다
눈물을 흘리니
목이 메어온다

또 다시 힘들다는 말은
목구멍에 넘겨버렸다
미친 듯이 울었다
그냥, 그렇게 펑펑 울었다

맞잡은 두 손

그대와 나는 손을 맞잡고 걷고 있네요
그대가 나의 손을 더욱 더 세게 잡아주네요
당신의 손이 너무 따듯해요 정이 느껴져요
우리는 이미 같은 아픔과 상처를 공유하기에

따듯한 손을 놓으면 안됩니다
손을 놓는다면 많이 힘들 거 같습니다
금방이라도 죽을 듯이 아플 것 같습니다
그렇기에 우리는 아직 이 손을 놓지 않습니다

봄 여름 가을을 지나 겨울이 왔습니다
단풍 다 떨어지고 바람 불고 추워집니다
단풍을 밟으며 손을 맞잡습니다
우리는 이 손 놓지 않을 겁니다 영원히,

기다림

요즘, 유독
내 마음 열어줄 수 있는
사람을 찾고 있다

그 사람이 누구든 상관없다
내 마음 알아주길 원하고 있다
막막한 그 무엇에 목 메어온다

마음을 보듬어주고
이해해주며
"많이 힘들었지?"라고
내 머리를 쓰다듬어주는
당신을 기다리고 있다

아직 나는

아직 어린 아이
세상을 사람을 쉽게 믿는

바보 같은 아이
배신당하고 상처 받고도

다시 믿어버리는
미련한 아이

마음 쓰라리지만
그래도 누군가에게
희망을 주고 싶다는 생각
그렇게 믿는 것일 수도…

미래

그대 미래는 반짝거리며
빛나고 있어요
조급해 하지 말아요
그대 편하게 마음먹어요

정말 가끔은 모든 것 다 내려놓고
쉬어도 괜찮아요

아무도 당신에게 뭐라 하지 않아요
당신이 좋아하는 일 하면서 살아요

당신의 미래는 빛나고 있으니까요
우리 서로 항상 응원해요

그런 사람

어릴 적부터 소중하고 특별했던 사람
눈빛만 보고도 바로 알아차리는 그런 사람

힘들 때 옆에서 토닥여주고
아프면 진심으로 걱정해주던 따뜻한 사람

어디를 가도 계속 생각나는 그리운 사람
멀리 있어도 옆에 있는 것 같은 포근한 사람

항상 나만 보면 예뻐해 주는 사람
이름만 들어도 위로가 되는 그런 편한 사람

평범해지고 싶은 아이

평범해지고 싶은 아이

어렸을 때부터 집보다는
병원에 더 많이 있었던 아이

집 침대보다는 병원 침대에
더 많이 누워있었던 아이

몸을 스스로 가누지 못해
답답해하고 힘들어하던 아이

이웃 아이들 학교 갈 때
부러운 눈빛으로 물끄러미 바라보던 아이

그저, 평범한 친구들만큼만
되고 싶던 아이

그런 안쓰러운 아이지만
오히려 씩씩하게 살아가고 있는 아이

나는 무엇을 원하고 있는 걸까?

어느 날 이런 생각이 떠올랐다
나는 원하고 있는 게 참 많은데
정말 간절하게 소망하고
원하는 게 무얼까?

평범한 몸?
나랑 똑같은 병을 가진 친구?
진심이 담긴 공감?

하지만 그 보다 더 중요한 것은
굴복하지 않는 올바른 정신일 것이다
그것이 없었다면
이렇게 마우스에 의지해
시를 쓰지도 못했을 거야

아픈 말 대신

죽고 싶다 말 대신
살고 싶다 말이 나오도록

아프다 힘들다 말 대신
행복하다 기쁘다는
말이 더 많이 나오도록

더 노력 할게요
그대 입에서 행복하다는
말이 나오도록

옆에서 든든한 나무처럼
버팀목이 될게요

아픈 말만 하지 말아요
내 마음이 쓰라리니

서로 어떻게 고쳐가느냐

성격이 서로 다른 건
당연한 거예요

다르다는 게 이상하다고 생각하면 안돼요
성격이 다른 것 때문에 싸움이 일어나고
작은 다툼이 일어나기도 하지만

그 다툼과 싸움의 이유를 풀어가고
서로의 성격에 맞춰 노력해야죠
그렇게 함께 걸어가는 게 중요한 거죠

행복은 가까이 있다는 말

행복은 가까이 있다는 말
너희들은 믿어?
나는 솔직히 안 믿었어
아니 믿기가 싫었어
거짓말 같았으니까.
지금은 천천히 믿고 있어

소소한 것들이
행복을 느끼게 하고 있거든
지금 존재하고 있다는 것
굳이 믿으라고 강요하지 않아
깨달을 테니까

그저 알려주고 싶었어
행복은 늘 가까이에 있다고

점점 흐릿해지는 말

점점 흐릿해져 간다

괜찮다는 말

견딜 수 있다,

이겨낼 수 있다는 말이

점점 느릿느릿 흐릿해진다

희미해져가는 말들…

다시 할 수 있기를

평범해지고 싶은 아이

풍선처럼

울컥,

툭,
건드리기만 해도
터질 듯한 울음

힘든 걸 숨기고 있다
풍선처럼 부풀어 있다

지금의 내 심정은
부푼 풍선

바늘로 콕 찔러,
터져버린 풍선

삶을 소설로 쓴다면

나의 삶을

소설로 쓴다 하면

그 소설의 끝은 어떤 것일까

새드 엔딩일까

해피엔딩일까

꿈에 대한 행복

꿈에 대한 고민이 잦아진다
어디로 가야 할까
어떤 것이 적성에 맞는 길일까
고민이 많아진다

이제 안다
시험 잘 못 처러 금방이라도
울음을 터뜨리려는 친구에게
진심을 담아 위로를 건넨다

꿈은 좋아 하는 것에
흥미와 행복을 느끼는 직업,
상담심리사라는 꿈을 성취하려 한다

상담을 통한 위로로 친구가
작으나마 따뜻한 위안을 받아
고맙다고 말을 건네는 순간에

비로소 나는 기쁘고 행복한
표정을 지을 수 있을 것 같다

Part 02

남들과 다르지만

그저 지금 내 모습,
내 더딘 모습조차도
보듬으며 받아들일래요

선택의 기로

만약 너의 앞에
꿈에 대한 두 길이 있어
넓은 길과 좁은 길

넓은 길은 자신이 하고 싶은
꿈을 이루어 행복한 길

좁은 길은 부모님이 강요해서
어쩔 수 없이 자신의 꿈을 버리고
힘겨워 숨쉬기조차도 어려운
고통스러운 길

너는 선택의 기로에 놓여있어
두 길 중 어느 길로 가고 싶어?

후회 하더라도

그래. 네 말이 맞아 세상은 앞으로도
우리를 괴롭힐 거야
아프게 하고 울게 하고
갖가지 방법으로 역경을 만들 거야

그만큼 꿈도 이룰 자신감 없어질 거고
포기하고 싶은 날도 많을 거야

그래도, 우리 도전이라도 해보자
고난과 역경들 그까짓 거
견디면서 꿈 이뤄보자고
후회하더라도 도전 해 보는 게 낫지 않아?

미래에 내가 왜 했을까 라는
생각이 들더라도 꿈은 시도야
도전!
너는 할 수 있어
자신감 가지고 너의 꿈에 다가서 봐

어쩌면

진정 좋아하는 걸 모른다면
소용이 없지 않을까?

공부도 중요하지
하지만 꿈도 중요해
하고 싶은 일
재밌는 일

그것부터 찾고
공부에 열중해

응원할게!
네 꿈도
네 미래도
네 성적도

남들과 다르지만

내 주위에 있는 사람들과 다르지만.
학교도 못 가고 남들보다
문제 푸는 속도조차도 더디지만

그래도 포기는 안 할래요
그 누가 남들과 다르다고 해도
절대 흔들리지 않을래요

지금 내 모습,
내 더딘 모습조차도
보듬으며 받아들일래요

더딘 모습,
남들과 다른 모습이든
내 자신이니까요.

아무리 남들보다 늦은 속도라도
하나의 성장기라 생각하고 웃을래요.

봄바람

외투 안까지 스며들던
바람이 사라진다
햇살이 나를 맞이한다
몸이 시렸던
계절이 떠나간다
밖으로 나오면 따뜻한
기운이 느껴진다

겨울 지나
봄이 오고 있다
여기 저기
꽃들이 피어난다
꽃에는 나비가 내려 앉아
날개를 생기 있게 흔든다.

나는 그런 사람이 되고 싶어

세상에 존재하는 모든
사람들을 감쌀 수 있는
그런 사람이 되고 싶어

힘들다는 사람보다
행복하다는 이들이 늘어나고
'위로'라는 단어가
무엇인지 알게 해주는
사람이 되고 싶어

큰 위로가 아니지만
내 작은 위로만으로도
힘을 얻고 행복하다면
그거면 충분해

꿈의 길

꿈을 향해 한 걸음씩
내딛는 발걸음

너무 빨리 가려고 하지 않기.
천천히 내 속도로 맞추기

그렇게 내 속도로 걷다 보면
희망의 빛이 당신을 감쌀 거예요

꽃이 피었다 지고 눈꽃 내리는 날들
몇 해가 지나고 나면
마음에 꿈의 길이 활짝 열려요

당신은 그 길로 천천히 걸으면 돼요
그 꿈의 길에서도 조급해하지 않으며

그대의 마음까지 들여다보기
그게 그대와 나의 중요한 약속

마음에게 묻는 말

나는 가끔 내 마음에게 질문을 한다
"버틸 만하니? 견뎌낼 수 있겠니?"
"아니, 하지만 최선을 다해 견뎌볼게."

버틸 만하냐고 물으면
마음은 매일 같은 말만 되풀이한다

내 질문에 답을 해준다
이 질문에 마음이 답을 해줄 수 있을까?

마음이 답을 해줄 수 없을 때가 온다면
그날은 내가 무너졌다는 말이다

또 다시 힘차게 일어날 수 있기를
마음 모아 간절히 소망한다.

어느새

힘들어서 버틸 힘조차
남아 있지 않던 때가 있었다.
매일 넘어지고 주저앉기를 반복하다 보니

어느새 성숙한 아이가 되어있었고
이 악물고 버티는 내가 있더라

다독여주는 따스한 손길 하나가
나를 받치고 있더라

무너져서 주저앉아 있을 때
나를 안고 달래는 순간들이
언제부터인가,
큰 힘이 되고 있더라

나는 깨달았다
소소한 손길들이 모여서
행복을 만든다는 것을

반대

학교 가기 싫다 말할 때
나는 가고 싶어 했다
공부하기 싫다 툴툴 댈 때
나는 하고 싶어 했다

시험은 왜있냐 신경질 낼 때
나는 풀고 싶어 했다
주말이 되어 신나 할 때
나는 그저 그랬다

친구들이 하기 싫다 하는 건
모두 내가 하고 싶어 했던 거였다

감정 없는 인형

서랍 위에 어떤 행동도
웃음도 울음도 없이

그저 그 자리
주인이 놓은 그 자리에

있는 곰 인형을 보고
생각이 들었다

차라리 저렇게 감정이 없었다면
아프지도 않고 좋겠다고

하지만 그 생각은 금방 바뀌었다
아프지만 않아도 좋은 게 아니었다.
행복이 느껴지지 않으니

평범해지고 싶은 아이

평등한 세상

이런 생각이 스쳐 지나갔다
인권을 어떤 것으로 정의해야 맞는 것인가?

내가 생각하는 인권은
온 국민이 평등하게 사는 것이다

지칠 때 돌아갈 집이 존재하고
가족이 없다고 한들
놀림 받지 않는 세상

어떠한 장애를 가졌음에도 불구하고
병원을 가서 따뜻한 손길로 진료 받고
약을 받을 수 있는 세상

돈이 없어도 한심한 시선이 아닌
예쁜 시선으로 바라보는 세상

모든 사람이 평등한 것이
진정한 인권이 아닐까
새삼 생각해 본다.

따듯한 품

당신은 날 안아 다독여주죠
많이 힘들었지? 라며 말하면서요
그대의 품은 다른 사람보다 따뜻해요
당신의 품은 다른 사람과 달리 포근해요

당신이 있어 행복합니다
그대가 있어 힘이 납니다
내가 살아가는 이유인 그대,
당신이 있어 내가 존재합니다.

나는 매일 얘기합니다
당신이 있어 행복하다고
당신이 있어 내가 존재한다고
포근한 당신 품 안에서

진심

푸르름과 맑음으로

사람들에게 늘 위로를 주고

때로는 시원함을 주는 산

산처럼 미래의 나

거짓 없는 그대로

솔직함이 담긴 글과

나날이 새로운 글로

마음을 울릴 수 있는

진심을 전하는 사람이 되었으면…

평범해지고 싶은 아이

존재

당신은 빛과 같은 존재입니다
어둠이 나를 뒤덮었을 때
당신이 날 비춰주었으니까요

일상이 힘이 들어
두려움이 엄습해 올 때마다
당신은 날 안심시켰어요
'괜찮아 지켜줄게'라며
꼬옥 끌어안고 연신 다독이며

그래서 우리는 지금까지
아픔과 고통을 나누고
힘들다고 말하지 않아도
눈빛만 봐도 통하는
특별한 사이가 되었습니다

고마워요. 사랑해요.

민들레 홀씨

자그마한 소원을 품에 안은 채
있는 힘을 다해서 홀씨를
후- 불었다
걷고 싶다는 소원을 빌며

좋은 이유

먹구름이 몰려오더니
시원한 비가 쏟아지며
어두워진 창가를 두드린다

창가를 두드리는 빗소리
마음에 잔잔한 물결이 일어
편안함을 안겨준다

그래서 나는
비 내리는 날이 좋다.

그대에게

세상이 아프게 만들어
꽁꽁 얼어붙은
그대의 마음을
따듯하게 녹여줄게요

찢어진 마음의 상처를
참아내느라 곪아버린 마음에
치유의 연고를 발라줄게요

당신보다 더 아픈 나를 보고
당신이 용기를 얻을 수 있다면
나는 당신의 꿈이 될게요

내가 살 수 있는 이유

미처 예상하지 못했던
삭막한 세상 속에서
미소 지으며 살 수 있는 이유
네가 내 곁에 남아있어 줘서야

새벽이 왔을 때
우울하지는 않았냐는 걱정
하루를 마무리하며
오늘은 어땠냐는 물음
언제나 곁에 남아있겠다는
다정한 목소리
오늘도 수고했다는
예쁜 문자 한 통

네가 있어줘서
오늘도 행복해

일상

변함없이 늘
반복되는 시계바늘

내 일상도
내 슬픔도

오늘도 돌고 있다
허망하고 그저 외롭다

그러나 나는 이 자리에서
높은 하늘을 본다
푸른 바다를 그린다

성장(1)

아파도 괜찮다

쓰러져도 괜찮다

지쳐도 괜찮다

울어도 괜찮다

모두 성장통이니

하나의 성장하는 과정일 뿐

그러니까 괜찮은 것이다.

바램

네 웃음이 그 무엇보다도 밝았다

네 환한 미소가 보석처럼 반짝였다

네가 하는 말들 모두가 사랑스러웠다

네 눈에서 눈물이 흐르는 날보다

웃는 날이 더 많기를

너에게

웃는 게 지치면 웃지 마

울고 싶으면 울어

참기 싫으면 참지 마

하고 싶으면 해도 돼

내가 옆에 있을게

행복하자

항상 예쁜 미소지으며…

관계

유리조각이 사람과의 관계라고 생각해

살짝만 갈라져도 싸움이 일어나서

마음에도 몸에도 아픈 상처가 생겨

붙이려 매만지면 오히려

또 한 번의 상처가 되지

그런데 깨진 걸 복구하지 못하면

관계는 그대로 끝나

너무나도 가볍고 쉽게

소원

간절히 소원을 빌면
이루어질까?

나는 빈다
하늘아,

두 손을 쓸 수 있게 해줘
마음의 어둠을 지워줘
한 편이라도
나를 춤추게 하는 詩를 줘

언제나

매일 하루의 아침을 너로 열어

항상 보고 싶어

어둠이 내려앉은 밤에도

햇빛이 내리쬐는 아침에도

변함없이 너를 사랑해

평범해지고 싶은 아이

민들레 홀씨

어릴 때부터 유난히도
민들레 홀씨를 좋아 했다.

홀씨를 불어 푸른 하늘에 날리면
소원이 이루어진다는데…

간절한 소망을 담아
있는 힘을 다해서 홀씨를
후- 불었다

걷고 싶다는 소원을 빌며.

평범해지고 싶은 아이

올바른 시기

저마다 꽃을 피우는 시기가 있다
올바른 시기에 피어나야 시들지 않는다

사람들도 꽃과 비슷하다
피우는 시기가 있다

급하게 피어나면 무슨 소용 있는가
오래 가지 못하고 시들어질 운명인데

어차피 언젠가는 제 철에
예쁘고 아름답게 활짝 피울 것이다.

비눗방울

동그란 비눗방울 너머로
무지개 빛이 보인다

비눗방울 병을 손에 꼭 쥐고
하하 호호 해맑게 웃는 아이들

행복한 미소가 담긴 거품이
멀리 퐁퐁 튀어 날아간다

비눗방울엔
아이들의 깨끗한 웃음소리와
순진한 마음이 떠오른다

소통하는 일

세상에는 각자 다른 지역에서
많은 사람들이 존재하고 있다

나와 똑같은 취미를 가진 사람
나와 말이 잘 통하는 사람
표현하지 않아도 내 기분을 아는 사람

그러한 사람들을 만나
좋은 인연으로 쭉 이어갈 수 있는 것

그 일은 기적이다

계절

어느덧 가을이 찾아왔다
가을이 다가온 게 며칠 전 같은데
벌써 단풍이 알록달록 물들고
쌀쌀한 바람이 분다

시간이 조금만 더 흐르면
빨강 노랑 주황의 예쁜 단풍들이
우수수 떨어지고

겨울이라는 계절이 오면
아무것도 없는 앙상한
나뭇가지만 남겠지

어린애처럼

매일 꾹꾹 참고 억누르며 억지로 웃어보이던 그대
이제는 어린애처럼 울먹이면서 어리광 부려 봐요

힘들다고 고통스럽다고 말하면서 안겨서 울어 봐요
이제는 억누르지 말고 억지로 웃지도 말아요

가끔은 참지 않아도 괜찮아요
가끔은 어린애처럼 땡깡 부려도 괜찮아요

어린애처럼 어리광 부려도 괜찮아요
어린애처럼 투정 부려도 괜찮아요

언제까지 버틸 수만은 없으니까요
우리 이렇게 하기로 손가락 걸고 약속해요

밤

눈을 뜨는 순간부터
열심히 살리라 다짐했고
밤이 되어도 후회하지 않는 하루를 살리라
생각했는데 막상 밤이 다가오면

실천하리라 굳게 다짐했던 마음이
사라져 버리는 경우가 참 많다
흔들림 없이 결심했던 일을 마치고 싶은데
그런 하루는 일주일에 한 번 있을까
그래서 나는 밤이 오지 않았으면 좋겠다

캄캄한 밤이 오면 이유도 없이
마음이 텅 빈 기분이 든다
한심하게만 느껴지고
허망하고 남아있던 기력마저 빠진다
나에게는 밤은 그런 존재이다
공허하고 쓰라린 존재,
그저 그 뿐이다

그리움

사랑한다고 다정하게 속삭여 주던
네 목소리

내 집 곳곳에 묻어있는
옅고 달달한 네 향수냄새

머리를 천천히 어루만져 주던
네 손길

헤어지고 나니까
느껴지는 것들

그리고
후회하는 것들

돌아오지 않지만
그리워지는 것들

목숨을 살리는 방법

죽고 싶다고 또는 죽을 거라고
말하는 사람들의 목숨을 살리는 법은

"괜찮아?"라고
물어봐 주는 관심
"죽지 마."라고
말해주는 목소리
"내 손 잡아."라고
내밀어 주는 따뜻한 손길

실행으로 옮긴다면
당신은 오늘,
한 명의 생명을 살린
대단한 사람이 될 수 있다

평범해지고 싶은 아이

엄마

상처 받지 않는 척 하지만
제일 상처 받는 여린 사람

강한 척 하지만
제일 나약하고 잘 흔들리는 사람

겉으로는 해가 쨍쨍하게 비치지만
마음에서는 장대비가 내리는 사람

자주 싸우지만
내가 제일 사랑하는 사람
엄마.

Part 04

꿈이라는 보석

반짝이는 예쁜 것
가지고 있으면 미소가 번지는 것
그 무엇과도 바꿀 수 없는 것

꿈을 이루려면

꿈을 이루려면
생각했던 것보다 많은
노력이 필요했습니다

꿈을 이루려면
밤을 새며 학업에
열중해야 했습니다

꿈을 이루려면
눈이 붓도록
울어야 했습니다

꿈을 이루려면
멈추지 않고 앞으로
달려가야 했습니다

그래야 간절한 꿈을
온전하게 만들고 내 것으로
인정할 수 있었습니다

평범해지고 싶은 아이

함께라면

너와 함께라면
아무리 강한 태풍이 와도
무섭지 않아

너와 함께라면
아무리 많이 아파도
견뎌낼 수 있어

너와 함께라면
지치는 일도 힘든 일도
이겨낼 수 있어

그러니까 멀리 가면 안돼
내 곁에서
내 손 잡고 있어줘

꿈이라는 보석

꿈은 마치 보석과도 같아

반짝이는 예쁜 것
가지고 있으면 미소가 번지는 것
그 무엇과도 바꿀 수 없는 것

그런 소중한 꿈
보석 같아

첫사랑

누구나 한 번 쯤은
첫사랑을 한 적이 있잖아요

당신의 앞에만 서면
뺨은 붉게 물들고

당신과 살짝이라도
손이 스쳐 지나가면
심장은 콩닥거리고

당신과 대화는
너무도 빨리 지나가는 시간이
그저 야속하기만 했던

그 첫사랑이
나의 그대였어요

별

한순간에 밤하늘의
별이 되어버린
네가 참 많이
보고 싶어지는 새벽이야

언제나 사랑했고
언제나 좋았고
언제나 함께했는데

네 빈자리가
생각했던 것보다
훨씬 공허하고
아프고 허전해서

매일 눈물로 지새우는데
그래도 별을 보면 네가
내 곁에 있는 것 같아
사랑해,
소중한 나의 별

밤하늘

별이 하나 둘 박힌

밤하늘을 가만히 바라보니

별 못지않게 빛나던

네 미소가 떠오른다

보고 싶다

반짝거리는 네 미소를

색깔

형형색색 수많은 색깔이 있잖아
너라는 사람도 수많은 색깔이 있어
그만큼 매력 있고
그만큼 재능이 많다는 거야
그러니까 다시 일어나서

천천히
차근차근
하나씩 예쁘게
채색 해보자

짝사랑

짝사랑은
혼자 하는 사랑이라서
비현실적이라고
누군가 말한 적이 있었다

그래서
더 많이 울고

더 많이 아프고
더 많이 따갑다고

짝사랑은
마치
가시와도 같다고

꽃

꽃이 되고 싶었다
정해진 계절에 피었다가
그 시기가 지나가면
고개를 푹 숙이고
시들어 버리는
꽃이 부러웠다

절기가 지나면
꽃처럼
시들어 버리기를
바라고 소원했다

나도…

평
범
해
지
고
싶
은
아
이

시선

밖에 나가면

일제히 쏠리는 시선들

내가 그들과 다른 탓일까?

멀쩡히 걸어 다니는

자신들과는 달라서

신기한가?

잘 걷는 사람들이 나를

그래서 빤히 보는 걸까?

알아주길 바래요

그런 시선이 장애인들한테

때로는 잊을 수 없는 상처와

아픔이 된다는 것을

아픈 마음 알아주시길

장애인도 감정 있고
똑같은 사람이며
그 시선이 불편하다는 것을

이렇게 말해주고 싶다
뭘 보냐고,
그런 시선으로 보지 말라고
따끔하게 더 이상 빤히 못 보게
말해주고 싶다

하지만 그 말을 슬그머니
마음 속 한 구석에 묻어둔다
아직은 괜찮으니까
아직은 버틸 수 있으니까

무채색

원래 삶이라는 건
태어난 순간부터
무채색이야

삶이라는 스케치북 펼치고
하얀 종이 위에

너만의 그림을 그리고
너만의 색을 칠하고 꾸며가면서

아무 것도 없었던
삶이라는 스케치북을
채색해 나가는 거야

나도
너도

속일 수 없는 거짓말

너를 사랑하지 않는다고
앞으로도 사랑하지 않을 거라고
금방이라도 울음을 터트릴 듯

울먹거리는
너를 차갑게 바라보며
그리 냉랭하게 말했건만

내 심장은
또 너를 향해서
눈치 없이 두근거리고

너를 향해 달려간다

위안

어둠이 가득 들어찬 너의 마음에
자그마한 빛이 되어줄 수 있도록
등불이 될게

비에 흠뻑 젖은 너의 마음에
더 이상 비 맞지 않도록
우산이 될게

여유 없는 너의 마음에
잠시라도 숨 고를 수 있도록
안식처가 될게

성장(2)

성장의 깊이가 깊어질수록
외로움의 깊이도 커졌다

슬픔의 깊이가 커졌다

아픔의 깊이도 커졌다

성장의 깊이가 깊어질수록
느끼고 싶지 않은 감정들,
깊이가 커졌다

참았다

아픔을 참았다

우울함을 참았다

외로움을 참았다

남들과 다름을 참았다

모든 걸 참았음에도

어른들은

모든 걸 감당하라고

더 참으라고 한다

빗소리

딱딱한 대지 위를
촉촉하게 적시면서
툭,
투둑,
투두둑…

떨어지는 빗소리가
내 입가에
미소를 안겨준다

잔잔한 네 목소리를
빗소리처럼 듣고 싶다

머뭇거리다 보면

사랑한다는 말

부끄럽다는 이유로

미루고

미루다 보면

사랑한다는 말을

막상 하고 싶어도

영원히 입안에만

머물지도 몰라

멍울

아프니까
청춘이라지만
아픔도
견딜 수 있을 정도는 되어야
청춘이다

견딜 수 없을 정도로
미칠 듯 괴로우면
그것은
병이다

마음의 병

청춘의 멍울,

끈기있게

슬퍼도 살아야지
아파도 살아야지
괴로워도 살아야지
삶의 끈을 놓고 싶더라도
끈질기게 숨쉬어야지

언젠가는
간절히 원하던 행복
갈망하던 운명
그토록 소망하던
모든 것들 이루어지겠지

평
범
해
지
고
싶
은
아
이

평범해지고 싶은 아이